GRANDE ASSIM

Mhlobo Jadezweni Ilustrações de Hannah Morris

PEIRÓPOLIS MUNDO
África do Sul – IsiXhosa

EDITORA
Peirópolis

Copyright© do texto Mhlobo Jadezweni
Copyright© das ilustrações Hannah Morris

Originalmente publicado na África do Sul em inglês e xhosa
por Electric Books Works
Título original UTshepo Mde/ Tall enough

Todos os direitos para a língua portuguesa reservados à
Editora Peirópolis

Editora
Renata Farhart Borges
Produção Editorial
Carla Arbex
Lilian Scutti
Texto
Mhlobo Jadezweni
Ilustração e Projeto Gráfico
Hannah Morris

Tradução
Regina Berlim
Diagramação
Carla Arbex
Revisão
Mineo Takatama
Lilian Scutti

Dados Internacionais de Catalogação na Publicação (CIP)
(Câmara Brasileira do Livro, SP, Brasil)

Jadezweni, Mhlobo
  Grande assim: uTshepo Mde/ Mhlobo Jadezweni
ilustrações de Hannah Morris; [tradução Regina
Berlim]. – São Paulo: Peirópolis, 2010.

  Título original: UTshepo Mde/ Tall enough.
  Edição bilíngue: Português/IsiXhosa.
  ISBN 978-85-7596-178-0

  1. Literatura infantojuvenil I. Morris, Hannah.
II. Título.

10-04354   CDD-028.5

Índices para catálogo sistemático:
1. Literatura infantil 028.5
2. Literatura infantojuvenil 028.5

1ª edição – 2010 | 4ª reimpressão – 2023

Editora Peirópolis Ltda.
Rua Girassol, 310F – Vila Madalena – 05433-000 São Paulo/SP
tel.: + 55 11 3816-0699
vendas@editorapeiropolis.com.br
professor@editorapeiropolis.com.br
www.editorapeiropolis.com.br

Ei, Você...
Sshhhhhh!
Por favor, fique
quietinho para ouvir
a minha história...

Sh-Sh-sh-sh!
Khanimamele...

"Uau!!! Como eu gostaria de pegar aqueles doces!", diz Tshepo. E sobe em uma cadeira para tentar alcançar os doces no alto do armário.

"Wowu, ngaske ndifike ke kweziya switi!" watsho uTshepo. Ukhwela esitulweni. Uzama ukuthatha iiswiti phezu kwekhabhathi.

Que árvore linda!
E grande assim!
Ela pode ver tudo.
Pode alcançar tudo.
Tshepo mal pode esperar.
Quer é virar árvore.

Mhle lo mthi.
Mde kamnandi.
Ubona yonke into.
Ufikelela kuyo yonke into.
UTshepo uyatshiseka.
Ufuna ukuba ngumthi.

O menino espalha um
pouco de adubo na terra
e enterra os pés bem fundo.
Ele vai crescer rápido.
"Ugh!", reclama Tshepo.
"Esse adubo é fedorento!"

Ugalela umgquba.
Ungena kuwo ezityala.
Uza kukhula ngokukhawuleza.
"Mh–m! Uyanuka lo mgquba!"
wancwina uTshepo.

"Vou pegar a mangueira."
E joga água sobre a
própria cabeça.
Chuá! Chuá! Chuá!
"Atchim! Atchim!", e dá
dois espirros assim.

Mandithathe ithumbu.
"Tshu-u-u! Tshu-u-u!"
Uyankcenkceshela ngethumbu.
Amanzi ehla entloko.
"Thsi! Thsi!" uyathimla.

"Xô! Xô! Estas formigas estão me picando!", reclama Tshepo.
Ele tenta se coçar.
Mas como, se seus braços viraram galhos?

"Shu! Ziyandiluma ezi mbovane!" Wakhala uTshepo.
Uzama ukuzonwaya.
Uza kuzonwaya njani iingalo zakhe zingamasebe omthi nje?

Um grupo de crianças se aproxima.
Elas querem derrubar a árvore
para cortar alguns gravetos.
"Não façam isso!",
grita Tshepo. "Assim dói!"

Kufika amakhwenkwe.
Afuna ukukha iintonga.
"Shu!" wakhala uTshepo.
"Kubuhlungu!"

"Vão embora, se mandem!",
clamam algumas pessoas do vilarejo.
Uma tempestade se aproxima. Enorme.
Uuuuhh...Uuuuhh...
faz a ventania. E Tshepo é
sacudido de um lado para outro.

"E-e-mb-o-o!"
wonke umntu uyakhwaza elalini.
Kukho isichotho esibi esizayo.
"Vuth-u-u! Vuth-u-u!"
wabhudla umoya.
UTshepo uwa ngapha nangapha.

Tshepo cresceu.
Agora, ele pode ver sua casa e sua mãe. A saudade que ele tem dela é grande assim. Ele quer correr para abraçá-la. E tenta levantar um pé. Em vão.

Sele eKhulile.
Uyakubona kowabo.
Ubona nomama wakhe.
Umkhumbula ngendlela engathethekiyo. Ufuna ukubaleka aye kumama wakhe.
Uzama ukuphakamisa unyawo.

Um passarinho pousa em um dos galhos. "Por favor, meu amigo, me ajude", implora Tshepo. O passarinho ri. "Eu posso ajudá-lo", diz o passarinho, "mas você precisa prometer me ouvir cantar."

Intakana encinci ichopha emthini. "Khawundincede, wethu", wacenga uTshepo. Le ntakana yamhleka. "Ndingakunceda", yathembisa intaka, "kodwa ndithembise ukuba uza kuyimamela ingoma yam".

O passarinho canta.
Eu sou um passarinho.
Eu sou grande
  assim no mundo.
 Sou pequeno, é
 verdade, mas sou feliz.
 E consigo fazer o
    impossível.
 Meninos viram
 árvores, assim
  como árvores
 viram meninos.
   Tshepo!

Intaka iyacula,
Ndiyintakana encinane
Ndimkhulu ehlabathini
  Ndimncinci
 kodwa ndonwabile

 Ndenza
 abangenakuzenza
 Amakhwenkwana
  aba yimithi
Kanjaqo imithi ibe
ngamakhwenkwe.

  Tshepo!

Eles se dão
um aperto de mãos.
E Tshepo agradece
ao passarinho.

Babambana ngezandla.
UTshepo
uyabulela.

"Um dia você
será grande assim, meu filho",
diz a mãe de Tshepo
enquanto abraça o menino.
"Sim, eu sei", responde
ele. E dá uma piscadela
para o passarinho.

"Ngenye imini
uya kuba mde nyana wam",
watsho umama emgona.
"Ewe, mama", watsho uTshepo
ebethela intaka iliso.

Mhlobo Jadezweni nasceu em Dutywa, na África do Sul. Desde o início da década de 1980, é professor de língua e literatura isiXhosa (uma das línguas oficiais de seu país) do departamento de Línguas Africanas da Universidade de Stellenbosch. Desde então vem publicando pesquisas e artigos sobre o tema, participando de conferências nacionais e internacionais, lecionando na Europa e atuando como membro de conselhos linguísticos voltados a essa língua. Seu premiado livro infantil *UTshepo Mde / Tall enough* – título original deste livro – foi escrito originalmente em isiXhosa e inglês e publicado em 2006 na Cidade do Cabo.

Hannah Morris cresceu na área rural do estado de Vermont, nos Estados Unidos. Desde criança desenhava suas próprias histórias. Autodidata em design gráfico, graduou-se em estudos culturais americanos nos Estados Unidos e em artes visuais no programa da Mphil Visual Arts da Universidade de Stellenbosch, na África do Sul. Durante o curso, Hannah ilustrou este livro. Depois de mais de cinco anos, voltou para seu país de origem, onde continua a ilustrar livros que combinam sua paixão por histórias com linguagens em diferentes formatos narrativos.

Quer saber mais sobre a língua isiXhosa?

IsiXhosa, também chamada Xhosa, é uma das onze línguas oficiais da África do Sul. Falado por cerca de 8 milhões de pessoas, ou aproximadamente 18% da população, é o segundo idioma mais usado no país depois do isiZulu (ou simplesmente Zulu).

Uma das características mais marcantes do isiXhosa são seus três cliques básicos: c (clique dental), x (clique lateral) e q (clique palatal). Um bom exemplo é a música Uqongqothwane, de Miriam Makeba, também conhecida como a "música dos cliques".

Peirópolis Mundo
África do Sul – IsiXhosa

Esta breve e lírica narrativa sobre o desejo de crescer e ser grande em todos os sentidos foi escrita em isiXhosa e publicada primeiramente em versão bilíngue na África do Sul, berço da história e de seu autor. IsiXhosa é uma das inúmeras línguas africanas ameaçadas de extinção, e Mhlobo – professor universitário e estudioso de línguas africanas – é um dos seus mais ferrenhos guardiões.